슬로시티

슬로시티

초판 1쇄 발행 2018년 6월 30일

지은이 김종목
펴낸이 강수걸
편집장 권경옥
편집 윤은미 정선재 김향남 이송이 이은주
디자인 권문경 조은비
펴낸곳 산지니
등록 2005년 2월 7일 제333-3370000251002005000001호
주소 부산시 해운대구 수영강변대로 140 BCC 613호
전화 051-504-7070 | 팩스 051-507-7543
홈페이지 www.sanzinibook.com
전자우편 sanzini@sanzinibook.com
블로그 http://sanzinibook.tistory.com

ISBN 978-89-6545-524-0 03810

* 책값은 뒤표지에 있습니다.
* 이 도서의 국립중앙도서관 출판예정도서목록(CIP)은 서지정보유통지원시스템
홈페이지(http://seoji.nl.go.kr)와 국가자료공동목록시스템(http://www.nl.go.kr/
kolisnet)에서 이용하실 수 있습니다.(CIP제어번호: CIP2018017426)
* 본 도서는 2018년 부산광역시, 부산문화재단
지역문화예술특성화지원사업으로 지원을 받았습니다.

슬로시티

김종목金鍾 시조집

산지니

시의 꽃

　내 마음 속에는 심장이 두 개 있다. 왼쪽에는 피를 돌리는 심장이고, 오른쪽에는 시를 뿜는 심장이다. 이 두 개의 심장은 내가 살아 있는 한 작동할 것이다. 온몸을 돌고 있는 피와 함께 시심도 돌고 돌아 이윽고 시의 꽃으로 피게 될 것이다.

　아름답게 피우려고 애를 쓰지만 마음대로 안 되는 것이 시의 꽃이다. 여기 묶은 100 송이의 꽃들 중에서 마음을 끄는 꽃도 더러 있을 것이라고 스스로 위로해 본다.

2018년 5월 15일

김종목金鍾

차례

제2부 원동 매화마을

제3부 가을비

제4부 보내놓고

제5부 슬픔의 상징

제 1 부

쑥부쟁이

꿩 소리

꿩 소리 잡으려고
산으로 들어가서

소리통인 꿩을 잡아 돌아오긴 했지만

어느 새
소리는 달아나고
빈 통만 들고 왔다.

슬로시티

제천 수산면에서 느린 시간을 만난다
옥순봉과 청풍호로 흘러가는 맑은 시간
거기에
달팽이로 기어가는
시간을 볼 수 있다.

박달재와 더불어 열한 번째로 지정받은
슬로시티에 걸맞은 선비 같은 시간들이
바둑을
두듯 맑은 곳에
뿌리 내려 살고 있다.

당신의 귀와 눈

말을 하지 않아도
알아듣는 귀가 있다
실바람이 불어도 내 마음을 읽어내는
당신의
그 귓속으로
내 비밀이 환해진다.

직접 보지 않아도
알아채는 눈이 있다
달빛만 스쳐도 내 마음을 읽어내는
당신의
그 밝은 눈으로
내 사랑이 환해진다.

너의 말
-장애인의 말

실오라기 풀리듯 헝클어진 너의 말을

내 기억을 다 열어놓고 들어봐도 모르겠다

눈빛의
그 어지러운 말도
도무지 불통이다.

술 취한 듯 하는 말이 뒤죽박죽 얽히어서

한 올 한 올 풀어 듣는 귀와 눈이 난감하고

얼굴을
마주보면서도
해독이 불가하다.

매미소리 8

얼마나 볶아야
매미소린 다 익는가

따글따글 여름 내내 불볕에 볶아대다

몸채로
까맣게 타버렸다
소리마저 숯덩이다.

슬픔 17

구멍이 뚫렸는지 슬픔이 새고 있다
가슴이 눅눅하게 젖은 듯 하다가도
갑자기
쏟아지는 소나기 같은
슬픔에는 속수무책.

발기된 슬픔은 그냥 죽지 않는다
벌겋게 덧난 자리 활활 독을 피워 놓고
스스로
자가 발전하여
몸을 굴복시킨다.

쑥부쟁이

가을이면 비문증이 또 도져버린다

산비탈에 피어 있는 쑥부쟁일 보았는데

그 고운 꽃잎 몇 장이 눈에서 자꾸 난다.

그 꽃잎 날리면서 나를 가만 홀린다

은은한 향기까지 살짝 뿌리면서

가을을 무늬로 찍어 눈에 고이 붓는다.

삼성역 5

산모롱이 돌아가면 외로운 역이 있다
승객들도 없는 빈 역 토라진 듯 주저앉아
먼 산만
보다 고개 숙인
버림받은 아픔으로.

그래도 이름만은 차마 버릴 수가 없어
낡은 역으로만 기우는 세월 따라
산그늘 짙은 서러움에 축 처져 늘어졌다.

열차들은 무정하게 그냥 마구 달려간다
주변에 핀 코스모스 벌겋게 눈이 부어
옛날을
울컥 토하면서
노을처럼 울먹인다.

하늘이 헹군 빨래

옥상의 빨랫줄에
빨래가 널려 있다

하늘이 보다가 다시 한 번 헹궜는지

하이얀
아기 빨래에
하늘 냄새
상큼하다.

카틀레어 3

1
카틀레어 한 송이가 요염하게 피었다

사랑을 쳐 바른 치명적인 눈빛으로

내 무딘 가슴 속으로 돌진해 들어온다.

2
무욕의 사랑에도 핏빛물이 흠씬 밴다

떨리는 내 가슴을 소고(小鼓)처럼 두드리다

화라락 불을 붙이듯 정을 확확 뿜는다.

나무의 경전

바람이 부는 날에 달빛이 내려와서
나뭇잎을 한 장 한 장 넘기는 걸 보았지요
달빛이
나무의 경전 한 권을
밤을 새워 읽었지요.

소리 없이 몇몇 밤을 지새우며 독파하고
진리 하나 깨쳤는지 빙그레 웃는 달빛
나뭇잎
책장을 덮고도
더욱 환히 빛납디다.

젊은 친구

찬물에 밥을 말아 후루룩 떠넘긴다
반찬은 소금으로 눈물처럼 삼키고도
고깃국
먹은 듯이 껄껄
내 앞에서 웃는 친구.

밑구멍이 째지듯 가난해도 그냥저냥
막노동에 벌면 먹고 못 벌면 굶고 사는
너무나 순해빠진 친구
볼 때마다 눈물 난다.

장가라도 갔으면 외롭지는 않을 텐데
나이 오십에 텅 빈 방에 혼자 앉은
그 모습
생각만 해도
가슴이 울컥한다.

어머니 18

아이가 밥을 먹는데
배가 부른 사람 있다

밥 한 톨 먹지 않아도 밥 한 그릇 다 먹은 듯

배부른 사람은 오직
어머니뿐일 것이다.

거울 속의 나 3

옷 벗고 욕실에서 거울 속의 나를 본다
분명 나인데도 왠지 내가 낯설다

내 몸을
내가 보는데
현기증이
울컥 인다.

세상 살아가면서 내가 나를 감추다니
부끄러워 외면하는 나는 또 누구인가

합일을
이루지 못한 내가
엉거주춤
둘이다.

바느질

비 오는 날 바느질엔 오는 비가 실이 된다

꿰매면 꿰맬수록 축축한 물이 배어

세세히 꿰맨 자국을 보면 촘촘히 눈물이다.

눈물로 꿰맨 거라 금방 툭툭 터진다

아무리 꿰매어도 삭은 듯이 떨어져서

비처럼 그냥 줄줄 새는 슬픔을 보게 된다.

밑바닥 인생 3

인생을 즐기려고 사발을 두드린다
젓가락 몽댕이로 무박자의 박자 속에
어깨를
들썩이는 이 센스
귀한 분은 모른다.

노가다로 일하면서
죽음과도 입 맞추며
하루하루 밑바닥을 기면서 사는 인생
소주병
나팔을 부는 소리에
또 하루가 저문다.

눈감아도 떵까떵까 들썩이는 곡조 따라
핑그르르 돌아가는 구절양장 인생이어
푸시시
꺼질 듯 남은 온기가
악착같이 매달린다.

노동의 대가(代價)

불가마 앞에서 땀을 비 오듯 쏟아내고

들이키는 냉수 한 사발이 완전 꿀맛이다

신성한
노동의 대가는
맛으로도 지불한다.

그림자 9

여름날 나무가 그림자를 만든다

그림자를 만들어 방석처럼 깔아두면

그 위로 아이들이 달려와
구슬을 딱딱 친다.

딱딱 부딪히어 그림자가 부서진다

나무위의 새들이 부서진 그림자를

가만히 물고 날아간다
그림자가 빛난다.

슬픔의 잔해

차가 서로 부딪혀
형체가 엉망이다
사람은 물론이고 비명도 찌그러지고
그들이 지닌 행복도
완전 망가져버렸다.

한순간의 실수가
너무 급조된 것 같다
반칙은 저렇게 정직하게 파괴되어
슬픔의 잔해만 도로 위에
끔찍하게 남았다.

그리움 장미꽃처럼

1
장미 한 송이를 꺾어 두고 돌아왔다
방문 앞에 몰래 놓고 온 것도 모르는
그 여자
문도 한 번 안 열어보고
무얼 하고 있을까.

2
그래 열어보지 말고
닫아놓고 살아라
십년이고 백년이고 오기로 살아봐라
그랬던 말이 독이 되었는지
한평생이 가버렸다.

3
늙어 다시 그 집 앞에 발걸음을 멈춘다
아직도 방문은 꼭 닫혀 있는데
그리움
장미꽃처럼
그대로 놓여 있다.

제 2 부

원동 매화마을

귀의 배

목청을 가다듬어
울어주는
저 귀뚜라미

차마
못 들은 척
잠들 수가 없어서

조용히
귀를 열어놓고 잔다

귀의 배가
터지겠다.

내가 죽어도

내 죽으면 아무 데도 알리지 말아다오
알리면 죽지만 안 알리면 살아 있다
죽은 줄
까맣게 모르니
계속 살아 있게 된다.

먼 훗날 알게 되면 그때 나는 죽는다
죽어도 살아 있는 비법이 여기 있다
그러니
내가 죽어도
아무 데도 알리지 마라.

매미소리 5

아무리 더워도 매미들은 열창이다

마루 밑 검둥이는 배를 깔고 누웠는데

소리로 땀을 흘리는
발성연습 한창이다.

무더운 여름날이 밑창이라도 빠졌는지

사방이 후끈후끈 열탕 같은 한낮에도

계속해 하모니를 맞추는
저 소리도 100도다.

한목숨 사라지면

이제 모든 것이 끝나버린 것인가
한목숨 붙어 있던 생명이야 간다 해도
가슴을 설레게 하던 사랑 우정도 가는가.

거닐던 돌담길과
속삭임도 따라가고
뜨거웠던 입술과 눈동자도 가는가
한목숨 사라진다고 해서
그런 것도 다 가는가.

때를 쓰고 버둥거려도 소용없는 것인가
수정 같은 눈물도 외로웠던 기다림도
다 가고 텅 빈 허무만 속절없이 뒹구는가.

샐비어 꽃 13

바락바락 소리치던
노망난 할머니 집

담장 가에 샐비어 꽃 할머니를 쏙 빼닮아

볕 발에
또 바락바락
빨갛게 시끄럽다.

원동 매화마을

양산 원동 매화마을이 지상 천국이다

하얀 눈이 날리는 절경이 펼쳐지는

황홀한
별천지의 감탄사가
응집되어 있는 곳.

빈 가슴 품고 와도 꽉 채우고 갈 수 있다

순수한 그리움이 무상으로 제공되는

지상의
천국에 와서
듬뿍 취해 돌아간다.

불타는 모란꽃

흰 구름 당기어서 문 앞에 발을 치고

은근하게 누워서 바깥을 바라보니

불타는
모란꽃 한 송이
무늬처럼 와 안긴다.

가슴에 인화된 요염한 여인처럼

단 한 번의 사랑으로 불덩이가 된다는 것

아, 그런
절정을 보면서
옛사랑에 울컥한다.

가을 우울증

너의 마음 깊숙이 내시경을 들이댄다
어쩌다 그 무서운 우울증이 생겼는지
샅샅이 살펴보아도
도무지 알 수 없다.

가을이 뚝 떨어져 가슴을 놀래키어
구르는 낙엽처럼 물들어 버렸는지
도저히 내시경으로는 판독할 수가 없다.

슬픔을 방출하는 너의 눈을 바라보면
순식간 감전되듯 우울 속에 휩쓸리어
가을이 쩍 금이 가고
내 가슴도 터진다.

모과 2

모과는 최대한
못생긴 게 좋은 거다

울퉁불퉁
제멋대로
불거진 게
잘난 거다

오로지
못생겨서 잘난 것은
모과 하나뿐이다.

이별주(離別酒)

그녀가 건네주는 잔을 홀짝 털어 넣자
숯불을 삼킨 듯이 입안이 화끈하다
50도
백주를 넘겼으니
속은 온통 불덩이다.

마지막 나누는 이별주라 할지라도
이렇게 독한 술로 슬픔을 기절시킨
증오의
도수는 훨씬 독한
70도의 데킬라다.

죽비소리 2

절에 가서 엎드려도 마음이 산란하다

백배천배 올려도 지은 죄가 무거워서

머릿속 찌든 먹물은
지워지지 않는다.

언제쯤 부처님이 자비를 베푸시어

이 먹물을 밝음으로 치환시켜 주실는지

조급한 내 욕심 위에
죽비소리 철썩한다.

망자와의 이별

망자와 누웠으니 머리칼이 쭈뼛 선다
그 순한 머리칼이 부르르 일어나서
내 눈을 향해 찌르듯
온몸 지레 따갑다.

그대와 마지막 슬픈 밤이 될지라도
산 자와 죽은 자의 간격을 무너뜨려
하나가 되는 이 끔찍함도 결국은 무산되리.

날이 밝으면 그대는 먼 곳으로
나는 이곳에서 궂은비로 울먹이며
불러도 대답 없는 그리움에
목이 메고 말 것이다.

그냥

왜 웃냐고
물으면
그냥이라 말하고

왜 우냐고 물어도
그냥이라 말하던

그 사람
그냥 죽어버렸다

그냥 슬퍼
눈물 난다.

업(業) 2

내려야 할 역(驛)을 또 지나치고 말았다
무슨 생각으로 깜빡했는지 모르겠다
분명히
섰을 역인데도
아니 선 듯 지나쳤다.

부랴부랴 내려서 오는 차를 받아 탔다
실밥이 터지듯 맥이 탁 풀리지만
헛되이
버린 시간도
내가 지은 업이다.

슬픔의 공갈빵

내 몸은 공갈빵을 구워내는 틀이다
반죽된 슬픔의 덩어리가 떨어지면
그대로 공갈빵처럼 제멋대로 부푼다.

선친이 굽던 빵틀 내가 물려받아서
또 구워서 사는 것도 운명이라 생각하며
대형의 공갈빵을 들고 자학하듯 먹는다.

진달래꽃 6

아무리 가까워도 내 것이 될 수 없는
벼랑에 핀 한 송이 진달래 꽃인가요
미진한 내 팔 쭉 뻗어도 가닿지 않습니다.

당신은 내 눈에서
가까이 피었어도
목숨을 걸지 않곤 차마 꺾지 못하오니
내 그냥 눈시울 적시면서
먼 산 보고 가렵니다.

얄궂은 운명이 우리 사일 가르려고
당신을 벼랑에다 곱게 피워 놓았으니
아파도 어쩔 수 없이 못 본 척하고 갑니다.

쓸쓸한 봄 4

꽃 필 때는 견뎠는데
꽃 질 때는 자신 없다
혼자로는 도저히 못 견딜 것만 같아
쓸쓸한
이 봄 무사히
넘길는지 모르겠다.

아무래도 코피라도
한 사발 쏟아내고
꽃잎 지듯 그렇게 져버릴 것만 같아
피는 꽃
그 찬란함마저도
견뎌내기 어렵다.

여인도

목불 장운상의 '여인도'를 보고 있다
부드럽게 흘러내린 나신(裸身)의 황홀함에
까무룩 눈이 멀 것 같은
현기증이 울컥 인다.

살아 움직이듯 온기가 확 풍긴다
반쯤만 유방을 은근하게 보여주는
신기에 가까운 화폭에
내 마음 다 뺏긴다.

짬뽕

얼큰한 짬뽕에 땡초를 썰어 넣고
후루룩 들이키면 속에 불이 확 붙는다
이마에
땀방울까지
맺혀 뚝뚝 듣는다.

이쯤 되어야만 한 끼 먹은 것 같다고
이빨 쑤시면서 불을 품고 나온 친구
빙그레
웃는 얼굴이
후끈한 화로 같다.

알아도 모르는 사람

1
알면서도 모른다 한 네 마음 내가 안다
정도 말라버린 반세기도 넘은 지금

아무럼 알아도 모른다는 너를
내가 어찌 알겠는가.

2
이제 와서 안다는 게 서글프기 그지없다
뜨거웠던 체온도 싸늘하게 식은 지금

주름과 백발 진 모습 아는 것이 더 슬프다.

3
눈 비비며 잘못 본 척 그냥 슬쩍 지나가자
고왔던 환상만은 차마 깨드릴 수 없어

알아도 모르는 사람과
헤어지고 말았다.

제 3 부

가을비

매미의 울음소리

매미의 울음소리
너무
헤프게 들린다

비처럼
아무 데나
그냥 마구 쏟아지듯

밑창이
뚫어진 소리가
계속 줄줄
새고 있다.

기억의 서재(書齋)

너의 고운 얼굴을
내 기억에 꽂았다
기억의 서재에서 언제든지 너를 뽑아
네 마음 속속들이 다
판독해 볼 수 있다.

한 번 꽂힌 얼굴은
빠져나갈 수가 없다
영구 보존되는 장서(藏書)가 되었으니
원본인 네가 멀어져도
생생하게 남아 있다.

그리움의 기술

너의 이름 석 자가
야광처럼 빛나는 건
그리움이 빚어낸 기술인지 모르겠다
어쨌든 내 기억에서
계속 반짝이고 있다.

웬만한 야광이면
탈색되었을 것이지만
몇십 년이 흘렀어도 그대로 반짝이니
그리움 그 고도의 기술은
불변인 게 분명하다.

가을에 8

싱싱하던 풀잎들도
속절없이 시들어
바람에 이리저리 맥없이 흔들린다
그 속에 내가 보인다
흰머리만 날리며.

나무의 푸른 잎도 울긋불긋 물이 들어
저절로 떨어지는 쓸쓸한 낙엽이여
나 또한 그렇게 떨어져 사라지고 말 것이다.

흐르는 세월 앞에
발맞추어 간다는 것
그것이 자연이고 순리의 길인데도
왜 이리 가슴 뻥 뚫린 듯
뻗대고만 싶은가.

모란 33

몇 며칠 긴장으로
똘똘 뭉친
주먹 하나

극비(極祕)처럼 꼭 쥔 채
놓을 줄 모르더니

이윽고
활짝 터뜨린다
소리 없는
폭발음.

길가 무덤 하나

1
길가 무덤 하나
잡초 속에 묻혀 있다

잊힌 사람이 다시 잊혀지고 있다

가까이
아니 더 멀리
적막이 되고 있다.

2
주변에 소주병이 텅 빈 채 나뒹군다

생이 뭐 이러냐고 푸념하듯 투덜대며

누군가
던져 놓은 정이
눈물처럼 반짝인다.

당신의 가슴으로

당신의 가슴으로 나를 가둬버리세요
당신의 영원한 죄인이고 싶어요
아무도
열 수 없는 가슴에
꽁꽁 갇히고 싶어요.

오로지 나만이 느낄 수 있는 가슴
거기서 한평생 당신 향기 맡으면서
유예도
없는 종신형으로
갇혀 살고 싶어요.

우포늪

우포늪에 들어서면 눈이 어지럽다
논병아리 물닭들이 금 그으며 흘러가고
풀꽃과 노랑어리연꽃들이
내 눈을 유혹한다.

여기에선 내 마음의 끈을 확 풀어놓고
물에 들어 물방개와 하루 종일 놀아볼까
지척에 천국을 두고 눈을 감고 살았구나.

아 여기서 한 백 년만 꿈꾸듯 살고픈데
부질없는 욕심에 귀밑불이 붉어진다
마음을 물에 가만 띄워놓고
몸만 빠져나온다.

봄비 오고 난 뒤

봄비 오고 난 뒤에
저 꽃들 좀 봐

아닌 척 울컥해도 입덧임이 분명하고

뜨거운
사랑을 나눈 것이
순식간에 발각된다.

게릴라 사랑

봄이 되면 사랑도 마구 꽉꽉 터진다

꽃으로 위장하여 다소곳이 피지만

벌 나비 날아다닐 때는 사정없이 낚아챈다.

벌이든 나비이든 하루에도 수도 없이

사랑을 불태우는 게릴라식 열기 앞에

요염한 발정에 취한 내 눈 까무룩 멀겠다.

해당화 4

세월이 해당화로
피고 지는 해변에서
꿈인 듯 스쳐 간 그대를 생각하네
반세기 그 먼 세월을 넘어
못 잊어서 찾아온 듯.

가슴이 울컥하니
다시금 설레는데
잊혔던 그대가 해당화로 다시 피어
한 마디 말도 못하고
그렁그렁 울먹이네.

너의 눈은

너의 눈은 이슬 같다 한 점 티도 없는
구름이나 꽃잎이 살짝 비쳤다가
이내 또 자리를 내어주는
맑디맑은 순수(純粹)처럼.

오래는 못 보겠고 잠시잠깐 보는데도
온몸이 저려오고 푸른 물이 들 것 같다
그 고요 깊이 울리는 메아리의 여운(餘韻)으로.

너의 눈동자는 내 가슴에 날아와서
잔잔한 그리움의 수면(水面) 위에 무늬처럼
가만히 내려와 수를 놓는
반짝이는 별이다.

가을비 7

싸늘한 가을비에 잠은 멀리 달아나고

빗물소리 귓속으로 범람해 들어와서

쓸쓸한 마음 깊숙이 소(沼) 하나를 만든다.

초하(初夏) 서정

스치는 뻐꾸기가 소리로 물들인다

메마른 내 가슴이 은연중에 물이 들어

화사한 빛깔로 피는 자지러진 모란이어.

뻐꾸기의 피울음이 상처처럼 터진 곳에

모란이 화끈하게 대신 피를 흘리느니

사태 진 피비린내가 강마을을 덮었다.

울컥울컥

글라스에 블루위스키
한 잔 가득 따라놓고
식은 체온 40도로 벌컥 올려보지만
오르지 않는 사랑은
무방비로 싸늘하다.

떠나버린 사랑이
술잔 위로 떠올라와
취하도록 마시는 게 그리움을 채우는 일
잊어도 잊지 못하는 고질
울컥울컥 도진다.

석양 앞에서

오늘도 판화처럼 하루가 흘러간다
어제를 복사한 듯 느리고 지루하게
거듭된 하루하루가
긴 보도블럭이다.

봄 여름 가을 겨울
별것도 아닌 흐름
그 속에서 울고 웃고 소음에 불과한데
이마를
탁 치는 경이도 없이
한평생을 버텼다.

아 저런 불이라도 활활 끌어당겨
뼈 조각도 남김없이 다 태우고 싶은 지금
내 마음 이미 다 타버리고
까만 숯이 되었다.

구절초

누군가 밤새도록
울다 간
뜰 한 구석

과수댁
잠 못 들어
뒤척이던
부은 눈에

구절초
하얀 향기가
이슬처럼 맺혔다.

제 머리는 못 깎는다

깨어진 도자기를
복원하는 작업으로
일생을 바쳤지만 정작 그의 삶은 아직
깨어진 채 그대로
짊어지고 가고 있다.

박살이 난 도자기도
다 맞추어 붙이는데
몇 개로 금이 간 걸 그냥 참고 살아간다
삶이란 그런 것이다
제 머리는 못 깎는다.

하얀 빨래

하얀 빨래들이 옥상에 걸려 있다

육탈한 뼈처럼 눈부시게 반짝인다

빛으로 산화한 체온들이
벌 떼처럼 날린다.

펄럭이는 아우성이 따갑게 귀를 친다

눈만이 아니고 귀까지 부시어서

낭자한 소리파편에
빨갛게 물이 밴다.

헛된 메아리

내가 너를 불러도 허공이 너무 깊다
울리지도 않는 음이 맥없이 부서져서
가느단
너의 눈썹 위엔
차마 닿을 수가 없다.

가만히 부르거나 소리쳐 부르거나
수백 번 불러 봐도 공기마저 벽이 되고
사랑이 가난해지면 너는 더욱 고와진다.

티 없는 얼굴이 수도 없이 피고 지는
깊은 밤 흐느끼듯 네 이름을 불러 봐도
피맺힌
헛된 메아리만
울리다가 그친다.

제 4 부

보내놓고

석류 8

참고
또 참고
극에 이를 때까지

폭약을 장전한 채
가슴 꼭 닫아 걸고

스스로
뇌관을 눌러서
자폭하는
수류탄.

헐렁한 내 인생

추스르고 추슬러도
헐렁해진 바지처럼

생이 몸에 딱 맞아야 제격이라 하겠는데

맞춰도 그냥 흘러버린다
생이 헐렁해진다.

잡아도 졸라매도
자꾸만 벗겨진다

오그라진 내 몸에서 그냥 흘러내리니

내 생은 맞는 옷이 없다
기성복일 뿐이다.

손수저

금수저니 은수저니 흙수저니 하더라만
나는 그딴 것과 상관도 없는 기라

배불리 먹을 수 있는 수저
그기 바로 금수전 기라.

배가 부르니까 그딴 소리 만들어서
지랄들들 하지만 배 한 번 고파봐라

손으로 먹는 손수저로도
영판 꿀맛 같은 기라.

재개발 3

정 붙여 살던 집이
포클레인으로 헐린다
주소마저 뽑히어 나무처럼 쓰러지고
아이들 웃음소리도
산산조각 나버렸다.

자본의 횡포에 민초들은 쫓겨나고
있는 자들만의 잔치가 벌어진다
수억을 호가하는 아파트가
점령하듯 올라간다.

따뜻했던 와가(瓦家)들이
폐허처럼 사라지고
그리움만 마음속에 뿌리를 내리는데
빼앗긴 슬픔의 무게는
수천수만 톤이다.

물의 꽃

물의 꽃은
구름이다
안개다
무지개다

물의 꽃이란 걸
모르고들 있지만

내 눈엔
변화무상한
아름다운
꽃들이다.

보내놓고

간다고 하는 사람 잡지도 못하겠네

손을 뿌리치고 홀홀 대문을 나서는데

미워서
울컥하는 마음
그냥 보내고 말았네.

잡았으면 잡을 수도 있었던 그 사람을

보내놓고 아파하는 내 마음 모르겠네

뒤늦게
후회하는 마음
정말 나도 모르겠네.

악머구리 울음

논에서 악머구리
으왁으왁 울어댄다
귀에서 일어나는 강진은 7.5도
저 울음
기어이 무너뜨린다
내 고요한 마음까지.

그래, 까짓것
한 번 실컷 울어봐라
흔들리어 내 가슴 왕창 내려앉아
그리움
그것마저도
산산조각 날 때까지.

잃어버린 나 2

그 강변에 아홉 살 난 나를 두고 와버렸다
아직도 거기서 울고 있을 나를 두고
잊은 척
잊지도 않았는데
왜 두고 왔을까.

먹을 게 없어서 미군 쓰레기를 뒤지던
헐벗은 어린 나를 여태 그냥 버려두고
가슴이 아파 돌아보면 눈물밖에 안 나오네.

시장에서 멜빵 걸고 찐빵도 팔아보고
길가에서 구두를 종일 닦던 어린아이
그 아이
찾아 얼싸안고
함께 울어 주고 싶다.

언제가 언제인지

언제 한 번 만나자는
전화를 받았는데

언제가 언제인지 도무지 모르겠다

그 전화 받고도 삼십 년
죽은 후인지 모르겠다.

그림자 8

그림자 앞세우고 그림자를 밟고 간다

건방지게 큰 키를 낮추어서 걸어간다

가다가 주저앉아서 민들레꽃 보고 간다.

큰 키가 미안하고 큰 그림자 미안하여

해 지도록 꽃을 보며 낮추어 앉았다가

그림자 뚝 떼놓고서야 가볍게 걸어간다.

그리고

그리고,
그리고 또
무슨 말이 남았는가
무슨 사연 그리 많아 끝맺지도 못하고
말의 날(刃)
칼날처럼 잡고
내 가슴을 베는가.

그리고
하지 마라
그냥 입을 다물어라
눈으로 표정으로 줄줄 새는 너의 뜻을
내 벌써
꿰차고 있으니
안심하고 다물어라.

영원한 사랑 2

무덤 앞에 꽃다발이 놓여 있는 것을 본다
죽어도 행복한 사랑임이 분명하다
내 죽어 누가 저런 꽃을 놓아나 줄 것인가.

갑자기 쓸쓸하고
눈앞이 흐려진다
살았을 때 얼마나 진실하게 사랑했는지
그것이 없는 사람들은
꽃 한 송이도 못 받는다.

누군가가 다가와서 꽃다발을 놓아준다
이 얼마나 아름다운 가슴 뿌듯한 사랑인가
죽어도 못 잊는 사랑이 영원한 사랑이다.

사는 이유

죽는 것은 괜찮은데 아픈 것이 문제다

아픈 것만 없다면야 무슨 걱정 있겠느냐

아픈 것
그것 때문에
죽지 않고 사는 거다.

내 인생 2

1
풀벌레 소리에도 발이 걸려 넘어진다
질기게도 우는 울음 발길에 얽히어서

가다가
넘어지는 아픔으로
내 인생이 이어졌다.

2
환한 달빛에도 발이 걸려 넘어진다
아무것도 아닌 것에 지레 넘어지고 마는

내 인생
세상만사에 걸려
온통 상처투성이다.

노는 고역

아무것도 하지 않고
노는 것도 업무다
노는 것이 결코 수월하지 않다는 걸
놀아본 사람은 안다
얼마나 힘 드는지.

그래서 노는 것도
늘 힘이 부친다
놀고먹는 노력도 엄청난 고역인데
논다고 눈총까지 받는다면
죽을 맛인 것이다.

거울 속의 나 2

거울 속에 나를 봐도
나를 보지 못한다
내가 아닌 다른 사람
생소한 사람이다
일말의 면식도 없는
완전 낯선 사람이다.

세월이 아무리
짓궂게 흘렀어도
내가 그새 사라지고
누군가가 그 자리에
부릅뜬 눈으로 쳐다보다니
이게 말이 되는가.

나를 찾아 거울 속을
아무리 뒤져봐도
숨바꼭질 하듯이
꽁꽁 숨어버리고
다 늙은 낯선 사람 하나
술래처럼 째려본다.

보름달 3

그대
가고 난 뒤에
보름달이
떠올랐다

가도 차마
다 못 가고
마음 환히
놓고 갔다

가고도
더 부신 그리움
밤새
눈이 멀겠다.

빗나간 내 인생

송라(松蘿)를 따기 위해
깊은 산에 들었다가
하얀 두견화에 그만 넋이 빼앗기어
송이와
상황버섯만 따서
돌아오고 말았다.

처음 목표했던
것도 아닌 다른 것에
정신이 팔린 일이 한두 번이 아니었다
내 인생
이렇게 빗나가면서
한평생을 살았다.

동백낙화 2

동백이 눈 위에 숯불처럼 떨어졌다

꽃잎이 한 잎 두 잎 날리지도 아니하고

통째로
툭— 떨어져서
불을 피워 놓았다.

떨어져 더 아름다운 꽃이 바로 동백이다

떨어져도 오래도록 활활 불을 피워

겨울의
한쪽 모서리를
몰래 태워버린다.

너의 고운 눈동자

내가 책을 읽는 동안 가만히 듣다가도
사랑이란 단어 앞엔 귀를 접어버린다
귀 대신 눈을 붉히며 아니 듣듯 듣는다.

첫사랑은 그렇게
떨림으로 왔던 것
좋아도 아닌 듯 살짝 밀어내는
수줍은
그 아름다운 표정이
내 가슴에 찍혀 있다.

세월이 어지럽게 기억을 지우면서
숨 가쁘게 흘렀지만 너의 고운 눈동자는
눈 감는 긴긴 그날까지 반짝이는 별이다.

제 5 부

슬픔의 상징

명의(名醫)

아프고
괴로워도
아무런 걱정 마라

병원에 갈 처지가
못 된다 할지라도

죽음은
무상의 명의다

무통으로
완치된다.

슬픔의 상징

날개가 있어도
날지 못하는 새가 있고
뿔이 있어도 무용지물인 짐승도 있다

있다고 다 유용하게
쓰이는 건 아니다.

그냥 관(冠)처럼
허울로만 존재하는
그런 헛된 장식물은 슬픔의 상징이다

그래도 그런 것에 의지하며
악착같이 살고 있다.

검은 비밀

이 세상 사람들은 다 비밀이 있는 기라

희고 검은 비밀을 다 터뜨려 놓는다면

아마도 떳떳한 사람은 한 사람도 없을 끼라.

그만큼 많은 비밀 지녔다는 것이지만

들추지 아니하고 그냥저냥 감추면서

구렁이 담 넘어가듯 몰래 살다 가는 기라.

산중 고요

산중에서 살다 보면 고요가 잘 보인다
산 너머서 누군가가 지고 와서 내려놓은
고요가 마술처럼 번지어 나무마다 빽빽하다.

가끔씩 나무가 쩡쩡 울 때도 더러 있다
고요의 중량을 못 견디어 부러지는
나무의 하얀 관절을 내려놓는 소리다.

한 번씩 바람이 휩쓸고 지나가면
쌓였던 고요가 낙엽처럼 날아가고
나무의 흔들리는 소리가 자욱하게 깔린다.

그러다 바람이 슬그머니 멎는 순간
누군가가 또 고요를 슬그머니 지고 와서
두 귀가 멍멍해지도록 높이 쌓아 놓는다.

모르고 사는 능력

알려고
바락바락
애쓰는 세상에서

마음 편히
모르고
사는 것도
사는 방법

모르고
이 꼴 저 꼴 안 보고
사는 것도
능력이다.

푹 퍼진 기다림

퉁퉁 불은 라면처럼
기다림도 푹 퍼졌다

온다던 그 언약도 가위로 잘리어져

이제는 쓸모도 없이
제멋대로 버려졌다.

온다던 유효기간
끝도 없이 늘어져서

먹으면 탈이 나는 라면빨이 되었지만

그래도 뒤적여본다
쾡한 눈이 아프다.

노을 33

곱게 물든 노을을 하염없이 바라본다

한참 보고 있으면 내가 사라지고

노을이 되어버리는 나를 문득 발견한다.

노을을 바라보며 사랑하던 그 옛날이

다시 펼쳐지며 눈을 아찔하게 한다

그 속에 나는 사라지고 그리움만 남는다.

조문(弔問)

1
독이라는 담배를 애용하던 그가 갔다
술도 마음대로 퍼 마시고 누워 있던
그 자리 텅 비었지만
원 없이 살다 갔다.

2
폐암이고 위암이고
두려움 없이 살다
완전 자유자재로 누리다 간 호걸이다
술 한 잔
담배 한 대 불을 붙여
영정 앞에 놓는다.

3
하고 싶은 것도 마음대로 못하고
서글프게 살고 있는 내 꼴이 부끄러워
흘리는 눈물 창이 되어
내 가슴을 찌른다.

홍매 39

그 추운
엄동에도
불씨가 남았다가

봄바람에
다시 이는
무서운
불꽃인가

홍매화
활활 불이 붙어
온몸
공양 중이다.

해무(海霧)

바다 위의 안개로 아무것도 안 보인다

갈매기들 소리만 희미하게 묻혀 있어

시선이 닿는 곳마다 소리와 부딪힌다.

소리만 남겨두고 갈매기는 행방불명

기이하여 한참을 살펴보는 안개 주변

구멍이 뚫린 허공에 갈매기가 걸려 있다.

겨울이 새고 있다

낙엽 하나로도
호수에 금이 간다

그리움에 내 마음도 금이 가는 가을날엔

무연히
툭 지는 나뭇잎에
그리움도 금이 간다.

가을엔 낭만이나
사랑에도 금이 간다

금 가는 소리가 낙엽 따라 자옥한데

가을이
쩍쩍 갈라져서
겨울이 새고 있다.

잔설(殘雪) 1

너는 떠났어도 응달진 내 마음엔

잔설처럼 그리움이 그대로 남아 있다

아무리 봄이 왔어도
녹지 않는 아픔으로.

해가 다 가도록 녹지 않는 잔설처럼

고산준령 깊숙한 그늘진 그리움은

영원한 만년설이다
녹지 않는 사랑이다.

모기 3

작은 모기
한 마리가
종아리에 앉았다

먹고살기 위해
목숨을 걸었는데

탁! 하고
내리친 손바닥
깨끗하다
잽싸다.

유리그릇

너의 삶이 하도 고와
유리그릇이라 하마
설핏 지나가도 한 오라기 근심조차
하얗게
김이 서리듯
배는 걸 알고 있다.

너무 맑아 마음까지
환히 내다보이는
너의 천성은 갓 구워낸 유리그릇
아 거기
무구한 네 삶이
위태롭게 투명하다.

술 한 잔

한 잔 술로 마음을 달래지 않고서는
도저히 이 세상을 견뎌내기 어렵다
진통제
아니 마취제로
술을 몸에 붓는다.

생살 찢어 수술하던 그런 때도 있었지만
이제는 마취시켜 아픔을 덜어내듯
술 한 잔
이 명약으로
세상 통증 다 잊는다.

고무줄놀이

오래 같이 살다 보면 가깝고도 멀어지고
멀다가도 이내 또 가까워지게 된다
당기면 늘어져버리는 고무줄과 흡사하다.

맞잡은 고무줄을 늘여주고 당기면서
조마조마 애 태우며 한 평생을 산다는 건
적당한 센스가 없이는 잡은 줄을 놓친다.

당기면 늘여주고 느슨하면 당기면서
고무줄놀이 하듯 그렇게 살다 보면
어느 새 축 늘어져 당길 맛도 없어진다.

11월

나뭇잎이 떨어지자
11월이 기운다

담겼던 햇빛이 주루룩 쏟아져서

겨울로
휩쓸려 들어간다
제방이 무너진다.

두고 내린 우산

지하철에 두고 내린 우산 하나 때문에
햇빛 쨍하게 나도 마음이 우울하다
까짓것 아무것도 아닌 것
우울 하나 못 가린다.

손에 쥔 것 놓았다 하면 내 것이 아니다
익어버린 버릇에 그런 것도 짐이라고
다 놓고 내렸는데도
마음은 더 무겁다.

아침안개 2

아침마다 당도하는 안개가 유령 같다

강마을을 완전히 지우개로 지우듯이

뿌우연 물감을 풀어 희석시켜 놓는다.

그러다 차츰차츰 소리 없이 사라진다

빛의 기운에 소스라쳐 놀라듯이

서둘러 떠난 자리에 강마을이 선명하다.

옛날의 사랑

옛날의 사랑은 천천히 왔었다네
불꽃같이 성질 급한 사랑이 결코 아닌
느리게
조금은 속 터지게
그렇게 왔었다네.

담 너머로 눈빛을 수도 없이 던지면서
가슴 태우며 밤잠을 설치면서
어쩌다 마주친 눈길에 가슴 쿵쿵거리면서.

그렇게 여러 해가 흘러가고 난 뒤에야
겨우 편지를 주고받곤 했었지만
지금은
인터넷 핸드폰으로
부리나케 해버리지.

화끈해서 좋은지는 아직 나는 모른다네
그래도 은근한 그 옛날이 그리워서
느리게 다시 한 번 더 사랑하고 싶다네.

1. 시를 쓰는 시간

나는 평소에 일찍 잠자리에 드는 편이다. 저녁 9시가 되면 잠자리에 드니까 새벽 3시에 일어난다 해도 6시간 정도는 자는 셈이다. 건강을 위해 7시간 정도는 자야 한다지만 나의 건강에는 아무런 문제가 없다.

새벽 3시경에 일어나서 6시경까지 엎드린 채 글을 쓴다. 보통 5편 안팎의 작품을 쓰고 아침에 일어나서 컴퓨터 앞에 앉는다. 새벽에 써놓은 작품을 입력시켜 저장하고 프린터로 뽑아낸다. 뽑아낸 작품 중에서도 수정을 해서 다시 뽑아내기도 한다.

이렇게 모은 작품이 150여 편쯤 되면 한 권의 책으로 90편을 골라 묶는다. 지금까지 쓴 시조 작품 수가 9,800여 편에 78권의 작품집이 있다.

되돌아보면 모두가 나의 분신들이지만 이 많은 작품들이 어찌 내 마음을 기쁘게만 하겠는가. 버렸어야 할 작품이 많지만 내 심장에서 나온 자식과 같은 것이어서 차마 버리지 못하고 그냥 보듬고 있는 것이다.

앞으로 시간이 얼마나 허락할지는 모르지만 허락을 받는다면 처음부터 다시 정독하면서 수정하고 싶다. 그러나 시간이 촉박하여 이루어질지는 나도 모를 일이다.

2. 작품 해설

> 꿩 소리 잡으려고
> 산으로 들어가서
>
> 소리통인 꿩을 잡아 돌아오긴 했지만
>
> 어느 새
> 소리는 달아나고
> 빈 통만 들고 왔다
>
> -「꿩 소리」 전문

  몇 년 전에 장안사에 갔다가 그 뒤편 산속에서 꿩 한 마리를 모자로 덮쳐 잡았는데, 상자에 넣어 집으로 와서 보니 죽어 있었다.

  이때의 죄책감 같은 난감한 심정은 이루 헤아릴 수가 없다. 괜히 살아 있는 꿩을 잡아 죽음으로 몰고 갔으니 오래오래 가슴이 아팠다.

  내가 포수도 아니고 꿩을 왜 잡았겠는가. 꿩을 단순히 소리통으로 생각한 것인데 그 소리통이 죽었으니 소리는 이미 달아나고 없는 것이다. 잡아 왔어도 빈 통인 꿩,

이 시조는 이런 기막힌 내용이 깃든 작품이다.

산모롱이 돌아가면 외로운 역이 있다
승객들도 없는 빈 역 토라진 듯 주저앉아
먼 산만
보다 고개 숙인
버림받은 아픔으로.

그래도 이름만은 차마 버릴 수가 없어
낡은 역으로만 기우는 세월 따라
산그늘 짙은 서러움에 축 처져 늘어졌다.

열차들은 무정하게 그냥 마구 달려간다
주변에 핀 코스모스 벌겋게 눈이 부어
옛날을
울컥 토하면서
노을처럼 울먹인다.

– 「삼성역 5」 전문

이 작품은 경산역 바로 아래 위치한 삼성역을 두고 읊은 시조다. 남천면 사람들이 자주 이용했던 역이 지금은 제구실을 하지 못하고 있다. 화물만 간간 오르내릴 뿐 승객들은 이용할 수 없는 있으나 마나 한 역이 되고 말았다. 들판을 가로질러 통학생들이 줄지어 오고 가던 풍

경도, 시골 장을 향하던 할아버지 할머니들의 보따리도 볼 수 없게 되었다. 구수한 사투리도 사라져버린 삼성역, 있어도 없는 듯한 불구가 된 역이 어디 역인가. 오고 가며 볼 때마다 가슴이 저려온다. 내가 이 역을 통해 정을 쌓으며 숱하게 다녔는데, 이제 그 길이 막히고 나니 모든 것이 슬퍼 보인다. 그 회포를 읊은 시조다.

옥상의 빨랫줄에
빨래가 널려 있다

하늘이 보다가 다시 한 번 헹궜는지

하이얀
아기 빨래에
하늘 냄새
상큼하다.

– 「하늘이 헹군 빨래」 전문

이 시조는 옥상에 널린 빨래를 보고 읊은 것인데 하얀 아기 빨래를 다시 하늘이 헹군다니 얼마나 깨끗할까. 상큼한 하늘 냄새까지 밴 것으로 보았으니 옥상의 빨래보다 더 깨끗한 빨래는 없을 것이다.

아이가 밥을 먹는데

배가 부른 사람 있다

밥 한 톨 먹지 않아도 밥 한 그릇 다 먹은 듯

배부른 사람은 오직
어머니뿐일 것이다.

–「어머니 18」 전문

불가마 앞에서 땀을 비 오듯 쏟아내고

들이키는 냉수 한 사발이 완전 꿀맛이다

신성한
노동의 대가는
맛으로도 지불한다.

–「노동의 대가(代價)」 전문

이 두 시조는 설명이 필요 없다. 누가 읽어도 단박에 그 뜻을 알게 된다. 앞으로 시조의 방향이 이러해야 하지 않을까 하고 생각해 본다.

1
장미 한 송이를 꺾어 두고 돌아왔다

방문 앞에 몰래 놓고 온 것도 모르는
그 여자
문도 한 번 안 열어보고
무얼 하고 있을까.

2
그래 열어보지 말고
닫아놓고 살아라
십년이고 백년이고 오기로 살아봐라
그랬던 말이 독이 되었는지
한평생이 가버렸다.

3
늙어 다시 그 집 앞에 발걸음을 멈춘다
아직도 방문은 꼭 닫혀 있는데
그리움
장미꽃처럼
그대로 놓여 있다.

- 「그리움 장미꽃처럼」 전문

　사랑의 일대기이거나 영화를 보는 듯한 작품이 되었
다. 그리움이 얼마나 진했으면 한평생을 이렇게 간절한
마음으로 그리워했을까. 아마 그 여자도 방 안에서 하얗
게 늙도록 기다리고 있지는 않을까.

이제 모든 것이 끝나버린 것인가
한목숨 붙어 있던 생명이야 간다 해도
가슴을 설레게 하던 사랑 우정도 가는가.

거닐던 돌담길과
속삭임도 따라가고
뜨거웠던 입술과 눈동자도 가는가
한목숨 사라진다고 해서
그런 것도 다 가는가.

때를 쓰고 버둥거려도 소용없는 것인가
수정 같은 눈물도 외로웠던 기다림도
다 가고 텅 빈 허무만 속절없이 뒹구는가.

- 「한 목숨 사라지면」 전문

　인생은 죽으면 끝나는 것, 목숨이야 간다 해도 살아오면서 사랑했던 모든 것들이 사라진다는 것, 그게 더 슬프고 안타까운 일이다. 누구를 막론하고 다 죽지만 그 추억은 살아남을 것이다. 사라진다 해도 남는다고 우기고 싶은 것이다.

왜 웃냐고
물으면

그냥이라 말하고

왜 우냐고 물어도
그냥이라 말하던

그 사람
그냥 죽어버렸다

그냥 슬퍼
눈물 난다.

-「그냥」 전문

　코믹하지만 결코 코믹하지 않다. 울어도 그냥 웃어도 그냥이라지만 그냥 죽어버렸으니 또 그냥 눈물이 나는 것이다. 그냥이라는 우리말의 어감이 참 따뜻하면서도 슬프다.

바다 위의 안개로 아무것도 안 보인다

갈매기들 소리만 희미하게 묻혀 있어

시선이 닿는 곳마다 소리와 부딪힌다.

소리만 남겨두고 갈매기는 행방불명

기이하여 한참을 살펴보는 안개 주변

구멍이 뚫린 허공에 갈매기가 걸려 있다.

-「해무(海霧)」 전문

짙은 해무가 끼었을 때는 바다 위의 갈매기도 보이지 않고 우는 소리만 들린다. 그러니까 내 시선과 갈매기 소리가 부딪히는 것이다. 한참 후에 살펴보면 겨우 갈매기가 구멍이 뚫린 듯한 허공에 걸린 듯이 보이게 된다. 시각과 청각이 접선되는 묘한 만남을 노래한 작품이다.

지하철에 두고 내린 우산 하나 때문에
햇빛 쨍하게 나도 마음이 우울하다
까짓것 아무것도 아닌 것
우울 하나 못 가린다.

손에 쥔 것 놓았다 하면 내 것이 아니다
익어버린 버릇에 그런 것도 짐이라고
다 놓고 내렸는데도
마음은 더 무겁다.

-「두고 내린 우산」 전문

두고 내린 우산으로는 우울 하나 못 가리는 것이고,

놓고 내려도 놓은 것보다 더 무거운 것이 되고 말았다. 이쯤 되면 인생 다 산 것이라는 절망 속에 빠진다. 누구나 살다 보면 이런 지경에 다닫게 된다.

제천 수산면에서 느린 시간을 만난다
옥순봉과 청풍호로 흘러가는 맑은 시간
거기에
달팽이로 기어가는
시간을 볼 수 있다.

박달재와 더불어 열한 번째로 지정받은
슬로시티에 걸맞은 선비 같은 시간들이
바둑을
두듯 맑은 곳에
뿌리 내려 살고 있다

　　　　　　　　　　　　　　　 - 「슬로시티」 전문

　슬로시티란 말은 전통과 자연 생태를 슬기롭게 보전하면서 느림의 미학을 기반으로 인류의 지속적인 발전과 진화를 추구해 나가는 도시라는 뜻으로, 우리나라에는 12곳이 슬로시티로 지정되어 있다. 전남 담양군 창평면 삼지천 마을, 장흥군 유치면, 완도군 청산도, 신안군 증도, 경남 하동군 악양면, 충남 예산군 대흥면, 전북 전주 한옥마을, 경기도 남양주시 조안면, 경북 청송군 파

천면, 상주시 이안면, 충북 제천시, 강원도 영월군 김삿갓면 등이다. 이 시조는 충북 제천 수산면의 느린 시간을 보면서 형상화해 본 시조다.

3. 시인은 죽어도 시인이다

시조를 어떻게 하면 잘 쓸 수 있느냐 하는 문제는 문제가 아니다. 무슨 특별한 이론이 있어서 그것이 특별한 텍스트가 되는 것은 아니다. 어떻게 쓰든 그것은 전적으로 자유이며 시인 나름대로의 개성이 있으면 되는 것이다. 어떻게 써야 한다는 것은 부질없는 일이다. 일정한 수준에 도달한 시인이라면 시에 대한 이론은 부질없는 것이다. 다만 시 속에 시심이라는 것이 있고 그 시인만의 개성미가 있으면 되는 것이다. 누구나 볼 수 있고 누구나 생각할 수 있는 평범함을 깨뜨리면 매력을 지닌 시가 된다는 말이다. 이런 눈과 귀와 감각이 얼마나 단련되고 진척되었느냐 하는 것이 좋은 시조를 쓸 수 있는 기본 바탕이 되는 것이다.

'초가집이 흔들린다'라고 한다면 의문부호가 붙고 눈과 귀가 쏠린다. 그러나 '아지랑이가 흔든다'라고 덧붙이면 고개가 끄덕여진다. 이런 눈과 감각이 있어야만 좋은 시조를 쓸 수 있는 것이다. 그러니까 시인의 기본 자질을 기르려면 평범함을 넘어서는 연습을 해야 한다. 예사로 보이는 평범함을 시인의 눈과 귀와 감각을 통해 격을 높일 수 있어야 한다.

조금 못난 여인이라도 그 여인만의 개성미를 발견한다면 아름다운 여인이 되듯, 시인을 통한 글 한 편도 얼마쯤 주옥편이 될 수 있는 것이다.

시인이라는 보이지 않는 면류관을 쓴 사람들은 시를 쓰든 안 쓰든 죽을 때까지, 아니 죽은 후에도 시인이다. 때문에 시인의 삶은 시보다 더 시적이어야 한다. 시적인 삶에서 좋은 시가 나온다는 것은 자연스러운 일이다. 때문에 시인들은 시적인 삶을 살아야 하고 또한 그것을 시인들의 의무로 받아들여야 하는 것이다.